BAULA

ALA DELTA

Papitis

Josep-Francesc Delgado

Il·lustracions
Mercè Arànega

Per a l'Elisabet Delgado Mas.

Una vegada hi havia una nena
que es deia Elisabet.
L'Elisabet no era una nena petita.
Era més aviat una nena gran,
perquè ja feia anys
que sabia caminar.
En tenia gairebé sis, d'anys.
Era rossa amb rínxols.
I feia un metre vint.

I vet aquí que tenia un pare i una mare. I uns avis, i unes tietes, i una cosina...
L'Elisabet era una nena com les altres.
Era una nena normal en tot.

Bé... En tot menys en una cosa...
Sempre volia estar-se
amb el seu pare.
I no sabia per què...
De fet, ella mateixa es demanava
per què li passava.

Però, a part de saber que, amb el pare, s'hi trobava molt bé, la resta era un interrogant:

El que li passava era que
sempre volia anar a collibè
del seu pare,
que era més aviat alt
i proporcionava a l'Elisabet
unes bones vistes...

A coll del seu pare l'Elisabet
era feliç.
Damunt les espatlles del pare
es veia una panoràmica sensacional,
i, a més, no calia caminar.

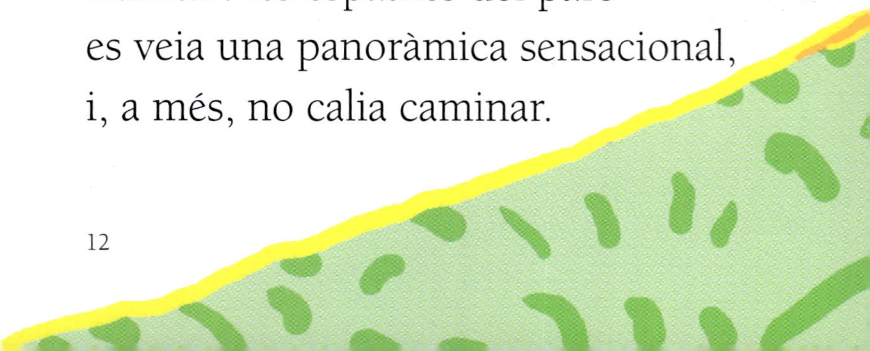

Quan el seu pare
anava amb ella al forn,
l'Elisabet volia anar amb ell a coll.
Així doncs, el pare de l'Elisabet
havia d'anar amb la nena
a les espatlles
o a l'esquena fent arri tatano,
i a més a més carregar el pa...

Si el pare imitava els renills
d'un cavall de debò,
l'Elisabet reia molt de gust.

Quan el seu pare provava
de fer-la baixar perquè bufava massa
i estava massa cansat,
l'Elisabet li premia els genolls
contra les galtes
perquè no la pogués fer baixar

i plorava molt, i es posava vermella
com una cirera de tan enfurismada;
tant que semblava que li vindria
un patatús...

Un dia a la setmana,
el pare anava a comprar a mercat.
Aquell dia era un dels millors.
L'Elisabet ja sabia
que el dia de mercat, a l'anada,
ella anava dins del carret
d'anar a comprar.
Els carrers que duien al mercat
feien baixada i era molt divertit.

A la tornada, anava a les espatlles
mentre el seu pare carregava
el carret costa amunt ple de cols,
naps, tomàquets, enciams,
mongetes seques, olives,
bacallà, escamarlans...

I el pare suava de valent
mentre ella mirava els ocells
que piulaven des dels arbres
i els deia coses.

Per convèncer el pare,
ella li deia que li feien mal els peus
o fins i tot la panxa.

Un altre dia a la setmana,
el seu pare anava a comprar
l'aigua mineral al celler del barri;
aleshores ella també
havia d'anar-hi a coll.
Si no la hi duia, s'enfurismava molt
i li feia uns morros
més grossos que els d'una balena.
I a la tornada,
vinga carregar l'Elisabet
i garrafes d'aigua de cinc litres.

I si el seu pare
no la volia dur a coll
perquè ja era una nena petita-gran,
l'Elisabet s'ajeia a terra i plorava
i espeternegava amb peus i mans
fins que s'embrutava la roba.
I no sabia per què ho feia...

I el seu pare vinga fer
maquinades amb la rentadora
per treure les taques de la roba
que s'embrutava l'Elisabet,
i la mare vinga estendre roba.

Quan el seu pare
fregava el pis, els dissabtes,
també l'havia de dur
tota l'estona a l'esquena,
i ella s'ho anava mirant tot.
De tant en tant, la volia deixar
asseguda a la cadira,
però ella tampoc no hi volia seure
i plorava com una magdalena.

Un dia l'Elisabet va caure
a dins de la galleda amb l'aigua
tota bruta de tant fregar!
Hi feia un fred...

Però ni així l'Elisabet
no es va fer enrere,
i quan el seu pare
havia d'anar a la feina,
li demanava que es quedés
a casa amb ella.

El pare li explicava
que havia de treballar
per poder anar a comprar
a la plaça, però, ni d'aquesta manera
ni de l'altra,
l'Elisabet no volia
passar amb raons;
tancava els ulls ben fort
i posava els llavis com dues serres.

Un dia, el pare de l'Elisabet
i la seva mare van decidir
d'anar a passejar pel barri.

I ja us ho podeu imaginar...
L'Elisabet, a la primera cantonada,
vinga gemegar
perquè volia anar a coll...

Es posava davant de tots dos
i no els deixava caminar.
I el seu pare,
com les altres vegades,
la va agafar a coll.

Però aquell dia
va passar una cosa
que aquella nena gran
no s'esperava que passés
de cap de les maneres...

Quan ja feia una bona estona
que el pare la duia, es va sentir:

CATACROC!

I després un: nyec...

El pare de l'Elisabet va cridar:

«ai!».

I es va quedar ben garratibat.
Tan garratibat que l'ambulància
va anar a buscar-lo
al mig del carrer.
Quan el van entrar a dins,
el pare estava amb l'esquena

ben dreta sense poder doblegar-la.
L'home i la dona de l'ambulància
van tenir penes i treballs
per ficar-l'hi:
s'havia quedat com un quatre. Així:

I no es treia les mans dels ronyons.

L'Elisabet i la seva mare
van entrar a l'ambulància
molt preocupades,
i, au, cap a urgències d'un hospital.
I el pare no parava de gemegar.
Gemegava tant que semblava
que li'n passés una de molt grossa.
Quan van arribar a l'hospital,
els metges van estar-se
una bona estona amb el pare
de l'Elisabet;
li van fer radiografies
i li van mirar l'esquena
amb molta atenció.

L'Elisabet i la mare s'esperaven
a la sala dels visitants.
Ja feia molta estona,
i la mare es mossegava les ungles.
L'Elisabet estava molt preocupada
perquè pensava que potser el pare
estava d'aquella manera
de tant carretejar-la amunt i avall,
i se sentia culpable.

La mare no deia res:
tenia els llavis ben arrugats,
com una patata ondulada,
i els ulls com dues olives...

Finalment va sortir el metge.

—Són les vèrtebres lumbars. Trigarà uns dies a posar-se bé, però reposant molt tot passarà i quedarà perfectament.

L'Elisabet no sabia què eren les vèrtebres lumbars, però es va sentir molt alleujada en saber que el seu pare es recuperaria.

Aleshores el metge se li va adreçar:
—Elisabet, el teu pare
no et podrà dur gaire a coll,
perquè si ho fes
podria tornar a prendre mal:
ja ets una nena gran i peses massa...

L'Elisabet va entendre molt bé
les paraules d'aquell metge,
però no sabia com fer-s'ho
per caminar tota sola
i s'estava ben callada,
tot mirant-lo sense saber
què respondre.

Tot d'una, el metge li va dir:

—El teu pare m'ha donat això per a tu.

Era un pingüí petitet-petitet de peluix.

Aquell pingüí li agradava molt, a l'Elisabet.

—Mira —li va explicar el metge—, aquest pingüí encara no sap caminar perquè és molt petit.

L'hauràs de dur sempre a coll.
Però, si el vols,
no podràs anar a coll del pare
perquè el pingüí és molt bellugadís,
i si cau des de tan amunt,
com que no sap volar
es farà mal.

—L'has de dur tu a coll
i vigilar que no caigui a terra.
Si cau a terra,
i tu estàs caminant,
segurament tampoc no es farà mal,
però per res del món
no pot caure a terra
si vas a coll del teu pare,
perquè es faria molt mal
de tan amunt,
i necessitaràs les mans per dur-lo
perquè encara no s'aguanta gaire bé.

Així que és millor que el duguis
sempre sense anar a coll del pare.

L'Elisabet s'estimava molt
aquell pingüí petitet-petitet.
I així ho va fer,
tal com li havia dit aquell metge.

Cada dia, després d'esmorzar,
s'enduia el pingüí a l'escola
i ja no li calia anar a coll del pare,
perquè no volia
que aquell pingüí prengués mal...

El pare de l'Elisabet
va fer una temporada de repòs
i cada dia comentava amb l'Elisabet
com havia anat
amb aquell pingüí tan petit.
Algunes tardes banyaven els peus al
pingüí amb una palanganeta
plena de glaçons,
perquè els pingüins viuen
en un lloc on sempre fa fred
i no volien que passés calor...

L'Elisabet tenia cura de tots dos
—del pare i del pingüí—
com si fos la mare.

I un bon dia el pare
es va aixecar.
Ja no tenia forma de quatre.
Tenia forma d'un u content. Així:

I va començar a tenir ganes d'escampar la boira.

Les coses van anar tan bé que ben aviat tota la família va estar disposada a fer excursions, i, com que l'Elisabet arribava a tot arreu a peu i va trobar que això de caminar estava prou bé,

van fer moltes sortides,
i fins i tot van passar
unes vacances a la platja.
Van jugar molt
amb el mar i la sorra.

L'Elisabet es va adonar
que, si caminava,
podia anar als llocs
encara que el pare no hi fos.
Si practicava una mica,
les cames no li feien mal.
I ho va dir al seu pare.

Però traginar tant de temps
aquell pingüí era bastant cansat,
perquè, com que era un nino,
no creixia,
i un dia va dir al seu pare:

—Aquest nino és una mica rotllo,
perquè mai no vol caminar.

Llavors el pare de l'Elisabet
va fer:

—*Aviam,* deixa-me'l veure.

Va obrir una porteta
que el pingüí tenia a l'esquena.

—Mmm, potser funciona,
però se li han acabat les piles.

I les hi va canviar.
El pare li va explicar
que quan l'havia trobat a l'hospital
no funcionava.

—Vols dir que es deu haver arreglat? —va preguntar l'Elisabet.

—A vegades, si un ninot està espatllat i en comptes de llençar-lo el tracten bé, passat un temps, funciona —va observar la mare.

El van engegar
i va començar a caminar tot eixerit.

Llavors l'Elisabet va exclamar
molt contenta:

—Visca. Pare, quan jo estigui
cansada, posa'm unes piles!

—Però si les persones no en porten, de piles!
—va respondre la mare.

L'Elisabet va imitar la manera de caminar del pingüí. I va dir:

—Pare, estic contenta perquè ja no et trenques! I jo m'estimo més que les persones no anem amb piles, així no ens gastem!

Tots tres van riure.
I sempre més van anar plegats
a molts indrets.

I vet aquí un pingüí,
una nena que l'ha estimat,
un pare que ja no està garratibat
i aquest conte s'ha acabat...